CAPITAINE BOBETTE ET L'ATTAQUE DES TOILETTES PARLANTES

CAPITAINE BOBETTE ET L'ATTAQUE DES TOILETTES PARLANTES

TRA-LA-LAAA!

N° 2

Un autre roman épique de

DAV PILKEY

Adaptation de Grande Allée Translation Bureau

Éditions
■SCHOLASTIC

Avis aux parents et enseignants
Les fôtes d'ortograf
dent les BD de Georges et Harold
son vous lues.

ISBN 978-0-439-98559-8

Titre original : Captain Underpants and the Attack of the Talking Toilets.

Édition publiée par les Éditions Scholastic, 604, rue King Ouest,
Toronto (Ontario) M5V 1E1.

14 13 12 11 10   Imprimé au Canada 121   17 18 19 20 21

MIXTE
Papier issu de
sources responsables
FSC® C004071
FSC
www.fsc.org

POUR ALAN BOYKO

TABLE DES MATIÈRES

8

La vérité top secret sur le capitaine Bobette

de Georges Barnabé et d'Harold Hébert
(qui nient tout)

Il était une fois deux p'tits gars super, appelés Georges et Harold.

On est super.

Moi aussi.

Ils on écrit leur propre bande dessinée racontant les aventures d'un superhéros appelé le capitaine Bobette.

TRA-LA-LAAA

Tout le monde riait en lisant leur album.

HA HA HA HA HA

LE CAPITAINE BOBETTE

LE CAPITAINE BOBETTE

Sauf le désagréable directeur d'école, M. Bougon.

BLA BLA BLA

Comme, un jour, M. Bougon engueulait Georges et Harold.

BLA BLA BLA

ils on décidé d'acheter l'Anneau hypnotique 3-D.

Ils on hypnoptisé M. Bougon.

Je dois obéiiiir.

Ils l'on transformé en capitaine Bobette.

Mais M. Bougon croyait vraiment qu'il était le capitaine Bobette et a sauté par la fenêtre pour lutter contre le crime.

OH NON!

TRA-LA-LAAA

Georges et Harold on essayé de l'arrêter, mais ils on été obligés de sauver d'abord la planète.

Cruel

BOUM!

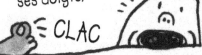

LES ÉDITIONS
DE L'ARBRE INC.

CHAPITRE 1
GEORGES ET HAROLD

Voici Georges Barnabé et Harold Hébert. Georges, c'est le petit à gauche avec une cravate et des cheveux coupés carré. Harold, c'est le garçon aux cheveux fous à droite qui porte un t-shirt. Ils vont t'accompagner tout au long de l'histoire.

La description de leur caractère varie en fonction de la personne à qui on le demande.

Leur maîtresse d'école dirait qu'ils sont des élèves *agités* atteints de *troubles de comportement*.

Selon le prof d'éducation physique, M. Cruèle, ils auraient besoin d'un *changement d'attitude radical*.

Le directeur Bougon aurait, quant à lui, un ou deux mots bien sentis pour décrire les deux jeunes garçons : *hypocrites, graine de délinquant* et « *je jure de les avoir un jour* ». Bref, tu vois le genre.

Par contre, si tu demandes aux parents de Georges et d'Harold, ils te diront sans doute que leur fils est un gentil garçon intelligent et au cœur d'or, même s'il arrive parfois qu'il soit un peu turbulent.

J'aurais tendance à être d'accord avec leurs parents.

Ils étaient peut-être un peu plus qu'un peu turbulents. En fait, leur caractère leur a déjà apporté bien des ennuis. Une fois, ils ont failli détruire la planète avec leur armée d'abominables toilettes parlantes.

Mais, avant de te raconter cette histoire-là, en voici une autre...

CHAPITRE 2
PREMIÈRE HISTOIRE

Un beau matin, à l'école primaire Jérôme-Hébert, Georges et Harold venaient tout juste de sortir de leur cours, de rattrapage en éducation physique, de quatrième année, lorsqu'ils voient une grande affiche dans le corridor.

C'était une annonce pour la deuxième *expo-science annuelle*.

Georges et Harold avaient bien aimé l'exposition l'an dernier, mais cette année, le grand prix était un peu différent. En effet, le gagnant du grand prix aurait la chance de devenir « Directeur d'un jour ».

« Wow! dit Georges. Le gagnant pourra décider des règlements de l'école pendant toute une journée et tout le monde sera obligé de respecter ses décisions. »

« Il faut absolument qu'on gagne le premier prix cette année », ajoute Harold.

Au même moment, M. Bougon, le directeur de l'école, fait son apparition.

« Ah! ah! crie-t-il, je parie que vous préparez un mauvais coup. »

« Pas du tout, proteste Georges, on fait juste lire le règlement du concours de cette année. »

« C'est ça, ajoute Harold, on va gagner le premier prix et on va devenir *Directeurs d'un jour.* »

« Ha ha! Elle est bien bonne, celle-là! s'esclaffe le directeur. Pensez-vous vraiment que je vais vous laisser participer cette année, après ce que vous avez fait l'an dernier à l'expo-science? »

Georges et Harold se mettent à sourire à la pensée de la Première expo-science annuelle...

CHAPITRE 3
FLASH-BACK

Il y a environ un an, tous les élèves et les professeurs de l'école primaire Jérôme-Hébert s'étaient réunis dans le gymnase pour ce qu'on a appelé plus tard « l'incident des chaises collantes ». Georges et Harold s'étaient avancés vers le micro.

« Mesdames et messieurs, déclare Georges.
Harold et moi avons inventé quelque chose qui va
sûrement vous *river à votre siège.* »

« Ah ça, oui, confirme Harold, nous avons
appelé notre invention *colle.* »

M. Bougon, fâché noir, s'était écrié : « Voyons
donc, vous n'avez pas du tout inventé la colle! » Le
directeur s'est levé pour lui arracher le micro des
mains, mais sa chaise était collée à lui, et tout le
monde du gymnase s'était mis à rire.

La secrétaire de l'école, Mlle Empeine, s'était
levée pour aider à décoller M. Bougon, mais sa
chaise l'a suivie, elle aussi. Les rires avaient
redoublé dans la salle.

Les autres professeurs s'étaient levés et —
surprise, surprise! — ils étaient tous collés à leur
chaise. Les élèves riaient aux larmes.

Un des élèves avait essayé de se lever pour aller
aux toilettes, mais il était collé, lui aussi! Les élèves
commençaient à rire… jaune. Tous vérifiaient leur
chaise. Les rires se sont arrêté net. Ils étaient tous
collés à leur siège.

Tu vois, s'il est vrai que Georges et Harold n'ont pas inventé la colle, ils en ont par contre inventé une nouvelle sorte. En mélangeant de la colle caoutchouc à du jus d'orange concentré, ils ont obtenu une colle à séchage rapide, activée par la chaleur du corps. Ils ont ensuite appliqué cette colle sur toutes les chaises du gymnase, sauf la leur, au début de la matinée.

Fous de colère, tous les professeurs et les élèves regardaient Georges et Harold.

« J'ai une idée », avait proposé Georges.

« Quoi? » demandait Harold.

« SAUVONS-NOUS! » s'écriait Georges.

Georges et Harold ont la bouche fendue jusqu'aux oreilles au souvenir de leur invention et du chaos qui s'était ensuivi.

« C'était vraiment tordant », dit Harold en riant.

« Oui, pouffe Georges, ça va être difficile de faire mieux cette année. »

« Eh bien, mes petits, vous n'aurez pas cette chance », s'exclame le directeur en leur montrant les petits caractères de l'affiche à la loupe.

« Tous les élèves de troisième et de quatrième années peuvent participer à ce concours, à l'EXCEPTION de Georges Barnabé et d'Harold Hébert. »

« Vous voulez dire qu'on ne peut pas participer? » demande Harold.

« Bien mieux que ça! s'esclaffe le directeur. Vous ne pouvez même pas y assister. Vous allez passer la journée à la salle d'étude. » Sur ce, il tourne les talons et disparaît en riant sauvagement.

« Ah zut, dit Harold, qu'est-ce qu'on va faire maintenant? »

« À la guerre comme à la guerre, affirme Georges. J'ai un plan... »

CHAPITRE 4
L'INVENTION

Au début de la soirée, Georges et Harold retournent sournoisement à l'école, leur équipement sur le dos. Ils se faufilent dans le gymnase et y jettent un coup d'œil.

« Je crois qu'il y a quelqu'un », chuchote Harold.

« Oh, c'est juste Louis Labrecque », dit Georges.

Louis était la bolle de l'école. Il était en train de faire les derniers ajustements à sa nouvelle invention.

« On devrait attendre ici jusqu'à ce qu'il s'en aille », chuchote Harold.

« Non, non, on ne sait jamais. Il pourrait passer la nuit ici. Allons plutôt lui parler. »

Louis fronce les sourcils quand il voit Georges et Harold arriver. « Oh non! Je parie que vous êtes ici pour saboter toutes les inventions. »

« C'est ça, dit Georges. Écoute, on promet de ne pas saboter ton invention, si tu jures de ne dire à personne que tu nous as vus ici ce soir. »

Louis contemple son invention avec amour et dit d'un ton contraint : « Je le jure. »

« Parfait! déclare Georges. Dis-moi, c'est quoi au juste ton invention? On dirait une photocopieuse. »

« En fait, c'est une ancienne photocopieuse, avoue Louis, mais je l'ai beaucoup améliorée. Mon invention va révolutionner le monde. Je l'ai appelée PATSY 2000. »

« Elle va révolutionner le monde et tu l'as appelée PATSY??? » s'étonne Harold.

« Oui, avoue Louis. En fait, PATSY est l'acronyme de photo-atomico-trans-somgobulato-yectofantriplutonizanziptomiseur. »

« C'est évident! » ironise Harold.

« Permettez-moi de vous faire une petite démonstration, propose Louis. Le PATSY 2000 peut transformer n'importe quelle image unidimensionnelle en sa copie tridimensionnelle, et lui donner vie. Par exemple, si je prends cette photo, tout ce qu'il y a d'ordinaire, d'une simple souris... »

Louis dépose la photo sur la glace d'exposition du PATSY 2000 et appuie sur le bouton.

L'éclairage baisse soudainement dans la salle, comme si toute l'énergie de l'école avait été drainée par le PATSY 2000, qui se met à vibrer. Des étincelles courent sous l'appareil.

« J'espère que ton invention ne va pas exploser! » s'inquiète Harold.

« Oh, ce n'est rien, affirme Louis. Vous auriez dû le voir quand j'ai copié un caniche! »

L'appareil s'arrête enfin, après avoir projeté quelques derniers éclairs. Puis un dernier petit *ding!* se fait entendre, et une petite souris sort alors de la porte de côté et saute du PATSY 2000, sur le sol.

« C'est pas beau, ça! » s'exclame Louis.

Georges regarde la souris de près.

« C'est bien, ton truc, s'esclaffe Georges.
Pendant un moment, j'ai cru que c'était vrai. »

« Mais c'est vrai! proteste Louis. Le PATSY 2000
anime vraiment les photos. J'ai même créé des êtres
vivants à partir de peintures et de dessins! »

« Bien sûr, Dr Frankenstein, ironise Harold. Et
dire que je croyais que c'était nous, les deux petits
farceurs! »

Georges et Harold s'en vont en ricanant. Il est
temps de passer à des choses plus importantes et
plus amusantes.

CHAPITRE 5
DES CHOSES
PLUS IMPORTANTES ET
PLUS AMUSANTES

Georges et Harold vont à l'autre extrémité du gymnase, ouvrent leur sac à dos et se mettent à l'ouvrage.

Georges change l'orientation des tuyaux du Lave-chien automatique, pendant qu'Harold remplit d'encre le compartiment à savon.

Ils s'attaquent ensuite au Mini-volcan.
« Pourrais-tu me passer le gros sac de pouding au caramel écossais et un tournevis étoilé », demande Harold.

« Pas de problème », lui répond Georges en insérant des œufs avec précaution dans le Lance-balles de ping-pong.

CHAPITRE 6
L'EXPO-SCIENCE

Il fait beau et clair le lendemain. Les élèves et les profs se dirigent vers le gymnase et examinent très attentivement leur chaise avant de s'asseoir.

« Bonjour, dit M. Bougon en s'adressant à eux au microphone. N'ayez pas peur. Les chaises ne sont pas collantes aujourd'hui, les rassure-t-il. J'ai pris des mesures pour que cette expo-science ne soit pas un fiasco comme celle de l'année passée. »

Tout le monde prend place, pendant que Marie Mancini, une élève de troisième année, arrive sur la scène pour faire une démonstration de son Lave-chien automatique.

« Il faut d'abord mettre le chien dans la cuve, puis appuyer sur ce bouton. »

Marie appuie sur le bouton. Une ou deux secondes passent, puis un jet d'eau noire et poisseuse jaillit brusquement et arrose la foule.

Tout le monde (sauf le chien) se fait mouiller. Marie tente désespérément d'arrêter l'engin infernal.

« Je n'y arrive pas. Quelqu'un a changé l'orientation des tuyaux! »

« Mais qui a pu faire ça? » demande M. Bougon.

C'est maintenant le tour de Daniel Sirois et de son Lance-balles de ping-pong. Il allume l'appareil, qui se met alors à projeter des œufs catégorie A extragros dans la foule.

« Foup foup foup! » fait l'appareil.

« Splach splach splach! » font les œufs.

« Je ne peux pas l'arrêter, crie Daniel. Quelqu'un a coincé un trombone dans les commandes. »

« Mais qui a pu faire ça? » demande Mme Rancier.

LANCE-BALLES
DE
PING-PONG

Le Mini-volcan de Frédéric Moreau est aussi un fiasco total. Lorsque Frédéric le branche à la pile de neuf volts, un gros ressort caché dans le cratère du volcan se détend et projette un immense sac de pouding au caramel écossais dans l'assistance.

Le sac s'écrase entre la troisième et la quatrième rangée. Splach!

« Hé! gémit Frédéric, quelqu'un a mis du pouding dans mon volcan! »

« Mais qui a pu faire ça? » demande M. Cruèle.

Le reste de la journée se déroule à peu près de la même façon. Les élèves crient : « Qui a mis du gruau dans ma Souffleuse à feuilles solaire? » ou « Qui a fait sortir toutes les souris de mon Autodune sorico-propulsée? »

Le gymnase se vide en deux temps trois mouvements. On a dû annuler l'expo-science.

« Mais qu'est-ce qui s'est passé? » demande M. Bougon en essuyant le sirop au chocolat, le bran de scie et la crème de champignon de son visage et de sa chemise. « Georges et Harold ont pourtant passé la journée à la salle d'étude. Je le sais : c'est moi-même qui les ai reconduits. »

« Hum, pardon, M. Bougon, dit Louis Labrecque. Je pense que j'ai la réponse à votre question. »

40

CHAPITRE 7
PRIS!

« *CRAC!* » fait la porte lorsque M. Bougon fait irruption dans la salle d'étude. Il a l'air d'un dément. Georges et Harold ne l'ont jamais vu comme ça avant.

« Vous n'en avez pas fini avec moi, crie M. Bougon. Je vous mets en RETENUE pour LE RESTE DE L'ANNÉE SCOLAIRE. »

« Minute, proteste Georges, vous ne pouvez rien prouver! »

« Ouais, approuve Harold, on a passé la journée ici! »

M. Bougon fait un sourire démoniaque, puis lance un cri en direction de la porte : « Oh, Louis... »

Louis entre, couvert de moutarde, de coquilles d'œufs et de noix de coco râpée.

« C'est eux, les coupables, déclare Louis en les pointant du doigt. Je les ai vus hier soir au gymnase. »

« Louis, dit Georges horrifié, tu as juré! »

« J'ai changé d'idée, répond Louis avec un sourire satisfait. Amusez-vous bien en retenue! »

CHAPITRE 8
EN RETENUE

Après l'école, M. Bougon convoque Georges et Harold dans la salle de retenue et écrit une longue phrase au tableau.

« Désormais, grogne M. Bougon, vous passerez deux heures par jour après les cours à copier cette phrase au tableau. Je veux que vous remplissiez complètement tous les tableaux de la salle. »

M. Bougon se retourne en sortant et leur dit, avec un sourire diabolique : « Et si l'un de vous sort de la salle pour quelque raison que ce soit, je vous expulserai tous les deux de l'école. »

Comme vous l'avez sans doute deviné, ce n'est pas la première fois que Georges et Harold copient des phrases au tableau. Ils attendent que M. Bougon ait quitté les lieux, puis sortent de leur sac à dos des bâtons de bois qu'ils ont fabriqués eux-mêmes. Ces bâtons sont percés de trous, que les garçons ont faits dans l'atelier du père de Georges.

Georges visse les bâtons ensemble, pendant qu'Harold insère une craie dans chaque trou.

Chacun prend un bâton, puis se met à copier la phrase. Chaque fois qu'ils écrivent une phrase, le bâton en fait douze.

Après trois minutes et demie, tous les tableaux de la pièce sont remplis.

Georges et Harold s'assoient et admirent leur travail.

« On a beaucoup de temps à perdre comme c'est là, constate Georges. As-tu des idées? »

« Et si on faisait un autre album de bandes dessinées? » suggère Harold.

Ils prennent donc du papier et des crayons, et se mettent à créer une nouvelle aventure de leur superhéros favori : Le capitaine Bobette et l'attaque des toilettes parlantes.

CHAPITRE 9
LE CAPITAINE BOBETTE
ET L'ATTAQUE DES
TOILETTES PARLANTES

de
Georges Barnabé
et
d'Harold Hébert

Le capitaine Bobette
et l'attaque
des toilettes parlantes

Texte : Georges Barnabé
Illustrations : Harold Hébert

Tout était normal à l'école.

Les employées de la cafétéria nous servaient des sanouitches au rat toasté.

Le directeur nous criait après.

Bla bla bla

Et le prof de gym était cruel.

Ma grand-mère courre plus vite que vous!

C'est alors qu'un O.V.N.I. apparaît dans le ciel.

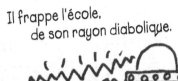

Il frappe l'école, de son rayon diabolique.

Alors, toutes les toilettes sont devenues vivantes et méchantes.

Les toilettes on faim.

Miam, on va tous les bouffer!

Elles on bouffé le prof de gym.

À l'aide! Les toilettes on grafigné une des autos et bouffé le prof de gym!

Bon Dieu! J'espère que ce n'était pas mon auto!

Capitaine Bobette...

CRAC

À LA RESCOUSSE!

Le capitaine Bobette court vers la sale d'entreposage.

Miam, m'a t'bouffer!

salle d'entre-posage

Il trouve un tas de débouchoirs.

Il les met dans les toilettes.

Et l'heure a bouché la bol.

Tra-la-laaa

51

Le combat est féroce.

Le capitaine Bobette court plus vite qu'un calesson à propulsion nucléaire...

ZIP

Il est plus fort qu'un short boxeur...

Tra-la-laaa!

BANG

... et il peut sauter par-deçus les immeubles les plus hauts, sans s'accrocher les bobettes.

Le capitaine Bobette se place derrière la turbo-toilette 2000 et lui tire la bobette.

Tiens-toi!

Ayoille!

Il accroche la toilette sur un arrêt, puis la tire très fort.

AHHHHH!

Puis il la laisse aller.

DZONG

BOUM

L'objet volant explose et toutes les toilettes redeviennent normales.

Hourra!

Même le prof de gym s'en sort!

Ah non...

FIN

LES ÉDITIONS
DE L'ARBRE INC.

CHAPITRE 10
UNE ERREUR
MONUMENTALE

Assis dans la salle de retenue, Georges et Harold lisent leur nouvel album de bandes dessinées, dont ils sont très fiers.

« On doit absolument en faire des copies au bureau, suggère Georges, pour les vendre demain sur le terrain de jeux. »

« On peut pas, voyons, dit Harold. M. Bougon ne veut pas qu'on sorte. »

« Alors, il ne faut surtout pas qu'il nous attrape », réplique Georges.

LE CAPITAINE BOBETTE ET L'ATTAQUE DES TOILETTES PARLANTES

Georges et Harold sortent sans faire de bruit
et rampent jusqu'au bureau.

« Oh oh! » s'inquiète Harold. « La salle est
remplie de profs. On ne pourra jamais s'approcher
de la photocopieuse. »

« Hum! fait Georges. Penses-tu qu'il y a d'autres
photocopieuses à l'école? »

« Il y a la photocopieuse de Louis, celle qui est
au gymnase », suggère Harold.

« Bonne idée! » s'exclame Georges.

Georges et Harold rampent jusqu'au gymnase, où ils trouvent le PATSY 2000.

« Je me demande si la machine fait encore des photocopies, dit Harold. Après tout, Louis a dit qu'il l'avait modifiée un peu. »

« Si j'étais toi, je ne m'en ferais pas trop avec ça, le rassure Georges. J'imagine qu'il a juste mis une souris dedans. Je suis sûr qu'elle fait encore des photocopies. »

Georges met la couverture de leur nouvel album sur la glace d'exposition, puis démarre l'appareil.

Toutes les lumières de l'école se mettent soudainement à baisser, et le PATSY 2000 se met à vibrer furieusement. D'énormes éclairs jaillissent de la partie inférieure, et un grand tourbillon s'élève du couvercle. La tornade aspire tous les papiers et les petits objets, qui se mettent à tourner au-dessus de l'appareil.

« Je ne crois pas que c'est normal... » s'inquiète Georges. Il doit crier pour se faire entendre à travers le bruit.

Enfin, après quelques derniers éclairs, tout s'arrête brusquement : le bruit, le vent, les étincelles. Tout ou presque... Le silence est interrompu de temps à autre par des grognements et des grattements, provenant de l'intérieur du PATSY 2000, maintenant en très mauvais état.

« On dirait qu'il y a quelque chose de vivant dans l'appareil », dit Harold.

Georges prend l'album qui traîne encore sur le dessus du PATSY 2000. « Ne restons pas ici! » crie-t-il.

Un petit ding! se fait alors entendre, et une toilette grandeur nature et d'un blanc immaculé émerge de la porte de côté du PATSY 2000. Elle a les dents pointues et les yeux injectés de sang. « MIAM, MIAM, ON VA TOUS LES BOUFFER », crie-t-elle.

Une autre toilette parlante surgit aussitôt, puis une autre, puis une autre, et encore une autre. Elles crient toutes : « MIAM, MIAM, ON VA TOUS LES BOUFFER ».

« Oh non! Louis avait donc RAISON! hurle Harold. Le photo-atomico-trans-somgobulato-yectofantriplutonizanziptomiseur transforme pour VRAI les images unidimensionnelles en copies tridimensionnelles vivantes! »

« J'ai une idée », propose Georges.

« Quoi? » demande Harold.

« SAUVONS-NOUS! » s'écrie Georges.

CHAPITRE 11
EXPULSÉS!

Georges et Harold s'enfuient à toute vitesse en hurlant de peur, sans oublier de fermer la porte du gymnase derrière eux.

« Ah! Ah! s'exclame M. Bougon qui passe par là. Je vous y prends enfin! Vous avez quitté la salle d'étude. Vous savez ce que ça veut dire, n'est-ce pas?! »

« Ce n'est pas de notre faute », proteste Harold.

« Tant pis pour vous! » crie M. Bougon d'un air vainqueur. « Vous êtes maintenant officiellement EXPULSÉS de l'école!! »

« Attendez! proteste Georges. Écoutez-moi, c'est important! Derrière la porte, il y a une armée de dangereuses toilettes parl... »

« Je ne veux plus rien savoir de vous, dit M. Bougon en riant. J'en ai fini d'entendre vos idioties. Ramassez vos affaires et foutez le camp! »

« Mais... mais..., bégaie Harold, vous ne comprenez pas! »

« DE-HORS!!! » hurle le directeur.

Georges et Harold gémissent et se dirigent vers leur casier, pour ramasser leurs affaires.

« Tu parles d'une mauvaise journée, déclare Harold. On a été en retenue, on est renvoyés de l'école et on a créé une armée de toilettes parlantes carnivores, qui s'apprêtent à conquérir le monde. »

« Même pour nous, c'est une mauvaise journée », approuve Georges.

« J'espère seulement que les choses ne vont pas empirer », ajoute Harold.

CHAPITRE 12
LES CHOSES EMPIRENT...

La rumeur se propage vite dans l'école : tous les profs savent que Georges et Harold ont été renvoyés. Ils se précipitent dans le corridor pour fêter et se moquer des deux garçons.

« Vous n'êtes pas au bout de vos peines, glousse Mlle Empeine. J'ai tellement hâte d'annoncer à vos parents que vous êtes renvoyés de l'école. »

« Et si on découpait leurs pupitres en morceaux? » propose Mme Rancier.

« Fêtons leur départ dans le gymnase! » crie M. Cruèle.

« NOOON! hurle Georges. Quoi que vous fassiez, N'OUVREZ PAS la porte du gymnase! »

« On peut faire ce qu'on veut, ironise M. Cruèle en se dirigeant vers la porte du gymnase. Et, maintenant, j'ouvre la porte, dit-il en l'ouvrant rapidement. Et, maintenant, je ferme la porte. »

« Et je l'ouvre encore et je... *AAAAAH glglggl glou!* »

Une toilette a passé la gueule par la porte, puis a attrapé M. Cruèle et l'a avalé tout rond. « *Plouf!* » Un bruit de chaîne qu'on tire se fait entendre.

Les toilettes parlantes sortent par la porte du gymnase et envahissent le corridor.

« MIAM, MIAM, ON VA TOUS LES BOUFFER! crient-elles. MIAM, MIAM, ON VA TOUS LES BOUFFER! »

Les profs n'en croient pas leurs yeux. Ils
s'enfuient tous en criant, sauf M. Bougon et
Mme Rancier (de même que Georges et Harold), qui
restent là, paralysés par la peur. Les toilettes, elles,
se rapprochent peu à peu. Enfin, Mme Rancier
étend le bras et fait claquer ses doigts.

« *CLAC!* »

« Allez-vous-en! crie-t-elle. Allez-vous-en! »
Mais les toilettes font la sourde oreille et se
rapprochent toujours.

Enfin, Mme Rancier s'enfuit à toutes jambes. Cependant, pour une raison quelconque, M. Bougon reste figé sur place. Georges et Harold lèvent les yeux et le regardent.

« Oh! oh! s'inquiète Harold, je crois qu'elle vient de faire claquer ses doigts, non? »

« Eh oui, confirme Georges, les ennuis ne font que commencer... »

Georges a tout à fait raison, car une transformation est en train de s'opérer chez M. Bougon. Il affiche maintenant un sourire stupide et héroïque, et se dresse bravement devant les toilettes.

« Je saurai vous arrêter, ô viles créatures, proclame-t-il. Mais je dois d'abord prendre quelques affaires. »

M. Bougon se précipite vers son bureau, Georges et Harold à ses trousses.

« Pourquoi Mme Rancier a-t-elle fait claquer ses doigts, au nom du ciel! crie Georges, pourquoi? »

« Peu importe, répond Harold. M. Bougon s'est transformé en capitaine Bobette. Il faut absolument lui verser de l'eau sur la tête, avant qu'il ne soit trop tard! »

CHAPITRE 13
TROP TARD!

Lorsqu'ils arrivent au bureau du directeur, Georges et Harold trouvent ses vêtements, ses souliers et sa perruque éparpillés sur le sol.

« Regarde, s'écrie Harold, la fenêtre est ouverte et l'un des deux rideaux rouges a disparu. »

« Qu'est-ce qu'on fait : on sauve le capitaine Bobette ou on reste ici à se faire dévorer par les toilettes parlantes? » demande Georges.

« Hum... laisse-moi réfléchir à la question », répond Harold en sautant par la fenêtre.

Georges ramasse les affaires du directeur et les
met dans son sac à dos, puis saute par la fenêtre et
suit Harold. Ils se laissent glisser le long du mât du
drapeau et s'élancent à la poursuite du capitaine
Bobette.

« Mais où va-t-il? » demande Georges.

« Aucune idée, répond Harold, mais je crois
qu'on a intérêt à se dépêcher, parce que je pense
qu'on est suivis. »

Traversant à la course le terrain des maisons du quartier, le capitaine Bobette ramasse tous les caleçons sur les cordes à linge.

« Maman, un monsieur en cape rouge vient de voler nos bobettes! » s'écrie un petit garçon qui regarde par la fenêtre.

« Il y a une méchante toilette, avec des dents pointues, qui court et crie après deux p'tits gars qui se sauvent : "Miam, miam, m'a vous bouffer". »

« Ben oui, ben oui. Ça court les rues! » ricane sa mère.

CHAPITRE 14
LES TOILETTES PARLANTES À LA CONQUÊTE DU MONDE

Après s'être emparé des caleçons de tous les habitants, le capitaine Bobette se précipite vers l'école Jérôme-Hébert, pour sauver le monde.

C'est le fouillis total à l'école. Mme Rancier surgit soudainement par la porte d'entrée, suivie de plusieurs toilettes démentes.

« Au secours! crie-t-elle, elles ont dévoré tous les profs de l'école, sauf moi! »

« Ne vous inquiétez pas, Madame, je ne les laisserai pas vous dévorer », la rassure le capitaine Bobette. Trop tard : une toilette l'avale à l'instant!

« Oups! » s'excuse le capitaine Bobette.

Seuls restent Georges, Harold et le capitaine Bobette. Ils se tiennent sur la pelouse devant l'école, encerclés par des toilettes affamées, qui salivent juste à les regarder.

« MIAM, MIAM, ON VA TOUS LES BOUFFER, chantent-elles, MIAM, MIAM, ON VA TOUS LES BOUFFER! »

« On est fait à l'os! » crie Harold.

« Ne sous-estimez jamais le pouvoir des caleçons! » s'écrie le capitaine Bobette en étirant les caleçons si fort, qu'ils atterrissent dans les bols affamées des toilettes parlantes.

Mais les toilettes avalent les caleçons tout rond! On dirait que ça leur ouvre l'appétit.

« Si seulement on trouvait quelque chose qui les rendrait vraiment malades », propose Georges.

« Ouais, continue Harold, quelque chose de dégueulasse qui les ferait vomir et se tordre de douleur! »

Les visages de Georges et d'Harold s'illuminent : « LA BOUFFE DE LA CAFÉTÉRIA! » crient-ils à l'unisson. Et, plus vite qu'un caleçon à propulsion nucléaire, nos trois héros se précipitent dans l'école.

CHAPITRE 15
LA CRÈME DE BŒUF
À LA RESCOUSSE!

Georges, Harold et le capitaine Bobette entrent dans l'école, sains et saufs, puis ferment la porte principale derrière eux. « Je crois que toutes les toilettes sont dehors », déclare Georges.

« Mais pas pour longtemps », s'inquiète Harold.

Ils courent à la cuisine, où ils découvrent, dans un chariot, une grande casserole de liquide vert et gluant.

« *Eurk!* fait Georges en se pinçant le nez, qu'est-ce que c'est que cette bouillie? »

« Je crois que c'est le dîner de demain », lance Harold.

« Parfait! s'exclame Georges. Je n'aurais jamais cru qu'un jour, je serais heureux de voir de la crème de bœuf! »

Ils poussent le chariot jusqu'au bout du couloir et sortent de l'école, par la porte de côté. Le capitaine s'assoit sur le chariot et transforme un caleçon en fronde, en l'étirant au-dessus de sa tête.

Se tenant près de lui, Georges verse une louche de crème de bœuf dans le caleçon, puis l'étire. Harold, quant à lui, pousse le chariot en direction des toilettes parlantes.

« *Tra-la-laaa!!* » crie le capitaine Bobette à pleins poumons.

Les toilettes parlantes se retournent et voient nos trois héros. Tous en cœur, elles s'écrient : « MIAM, MIAM, ON VA TOUS LES BOUFFER », et la poursuite commence.

ZOUP!

Pourchassé par les toilettes, Harold tire le chariot vers le terrain de jeux.

« Projectile n° 1! » crie le capitaine Bobette.

Georges lance une portion de crème de bœuf dans la bol de la première toilette, qui l'avale tout rond.

Pendant qu'Harold continue à tirer, Georges dépose une autre portion dans le caleçon, puis l'étire.

« Projectile n° 2! » crie le capitaine Bobette.

Zoup! La crème atterrit dans la bol de la deuxième toilette.

Ce manège continu jusqu'à ce que toutes les toilettes aient avalé au moins deux portions de crème de bœuf.

« On n'a presque plus de munitions! » crie le capitaine Bobette.

« Et je ne suis plus capable de courir », dit Harold, essoufflé.

« Ne vous inquiétez pas. Regardez! » s'exclame Georges en montrant les toilettes.

Elles ont ralenti et commencent à gémir et chanceler. Elles deviennent vertes et se mettent à loucher.

« Attention, s'écrie Harold, je crois qu'elles vont dégueuler. »

Et c'est ce qui arrive!

Georges, Harold et le capitaine Bobette regardent les toilettes régurgiter tout ce qu'elles ont avalé durant la journée : la crème de bœuf, les caleçons, les professeurs. Tout sort sans une égratignure…

Puis les toilettes vacillent et tombent une à une, raides mortes.

Georges prend le pouls des profs. « Ils sont encore en vie, inconscients mais en vie! »

« Eh! s'écrie Harold, facile, non?! »

« Trop facile... » commente Georges.

« Qu'est-ce que tu veux dire par là? » demande Harold.

Georges sort l'album de bandes dessinées de son sac à dos et le montre à Harold. « Tu sais que le PATSY 2000 transforme tout ce qu'il y a là-dessus en êtres vivants? » demande-t-il.

« Ouais, et puis? » commente Harold.

Georges pointe du doigt la turbo-toilette 2000 : « Comment ça se fait qu'on ne l'a pas encore vue, celle-là?? »

CHAPITRE 16
LA TURBO-TOILETTE
2000

Bang! Tout à coup, la turbo-toilette 2000 défonce la
porte principale. La terre tremble sous le poids de
près d'une tonne d'acier et de porcelaine en furie.

La turbo-toilette 2000 avance en direction de
nos héros.

« Pauvres innocents! Vous avez peut-être détruit mon armée de toilettes parlantes, hurle la turbo-toilette 2000, mais il n'y a plus de bouffe de cafétéria! »

« Je vais vous dire ce que je vais faire, déclare fièrement le capitaine Bobette. Je vais vous tirer les bobettes. »

« Attendez, Capitaine Bobette! proteste Georges. Vous ne pouvez pas vous battre contre ce monstre. Il va vous mettre en pièces! »

« Mes garçons, dit le capitaine Bobette d'un ton noble, c'est mon devoir de faire régner la Vérité et la Justice, et de lutter pour tous les tissus prérétrécis et faits de coton. »

Le capitaine Bobette s'élance sur la turbo-toilette 2000. La bataille commence!

« J'espère qu'on ne sera pas obligé d'avoir recours à une extrême violence! » dit Harold.

« J'espère bien que non », répond Georges.

CHAPITRE 17
CHAPITRE D'UNE EXTRÊME VIOLENCE, PREMIÈRE PARTIE (EN TOURNE-O-RAMA^{MC})

AVERTISSEMENT :

Le chapitre suivant comporte
des scènes de violence intense
entre un homme en caleçon
et une toilette géante.

Prière de ne pas répéter
cette scène chez vous.

Voici le TOURNE

Dans le passé, des dizaines de romans épiques ont changé le cours de l'histoire : <u>Moby Dick,</u> <u>Autant en emporte</u> <u>le vent</u> et, bien sûr, <u>L'Attaque des toilettes</u> <u>parlantes!</u>

La seule différence entre notre roman et les autres, c'est que le nôtre est le seul à être pourvu d'une invention à la fine pointe de la « technologie d'animation quétaine ».

L'ART DU
TOURNE-O-RAMA

PILKEY^{MD}
-O-RAMA

MODE D'EMPLOI :

Étape n° 1

Place la main gauche sur la zone marquée « MAIN GAUCHE » à l'intérieur des pointillés. Garde le livre ouvert et bien à plat.

Étape n° 2

Saisis la page de droite entre le pouce et l'index de la main droite (à l'intérieur des pointillés, dans la zone marquée « POUCE DROIT »).

Étape n° 3

Tourne rapidement la page de droite dans les deux sens jusqu'à ce que les dessins aient l'air animés.

(Pour avoir encore plus de plaisir, tu peux faire tes propres effets sonores!)

TOURNE-O-RAMA 1

(pages 93 et 95)

N'oublie pas de tourner seulement la page 93.

Assure-toi de pouvoir voir les dessins aux pages 93 et 95 en tournant les pages. Si tu les tournes assez vite, les dessins auront l'air de ne faire qu'un.

N'oublie pas de faire
tes propres effets sonores!

MAIN GAUCHE

BOBETTE
CONTRE BOL

POUCE
DROIT

BOBETTE
CONTRE BOL

TOURNE-O-RAMA 2

(pages 97 et 99)

N'oublie pas de tourner seulement la page 97.

Assure-toi de pouvoir voir les dessins aux pages 97 et 99 en tournant les pages. Si tu les tournes assez vite, les dessins auront l'air de ne faire qu'un.

N'oublie pas de faire
tes propres effets sonores!

MAIN GAUCHE

OH NON!!!
LA TOILETTE
A LE DESSUS!

97

OH NON!!!
LA TOILETTE
A LE DESSUS!

TOURNE-O-RAMA 3

(pages 101 et 103)

N'oublie pas de tourner seulement la page 101.

Assure-toi de pouvoir voir les dessins aux pages 101 et 103 en tournant les pages. Si tu les tournes assez vite, les dessins auront l'air de ne faire qu'un.

N'oublie pas de faire
tes propres effets sonores!

MAIN GAUCHE

LA TOILETTE
CARNIVORE CAPTURE
LE CAPITAINE!

101

LA TOILETTE CARNIVORE CAPTURE LE CAPITAINE!

CHAPITRE 18
HAROLD ET
LE STYLO VIOLET

Tout espoir semble perdu. Le capitaine Bobette
a glissé et est tombé dans la bol béante de la turbo-
toilette 2000 et, maintenant, la toilette géante
s'approche de Georges et d'Harold.

« Ha ha ha ha! ricane le puissant prédateur en
porcelaine. Après vous avoir tous les deux dévorés,
je vais conquérir le monde! »

« Pas tant qu'on est là! » s'exclame Georges.

Georges et Harold se précipitent vers l'école et verrouillent la porte. La turbo-toilette cogne de ses poings sur la porte et crie : « Vous serez bien obligés de sortir de là un jour! »

Georges et Harold courent vers le gymnase.

« J'ai un plan, dit Georges. On va inventer un personnage capable de battre la toilette géante! »

« Et pourquoi pas un robo-urinoir géant? demande Harold. On l'appellerait l'Urinateur! »

« Non, pas question! Ils ne nous laisseront jamais mettre ça dans un livre d'enfants. On est déjà dans le trouble! » l'avertit Georges.

« OK, OK, accepte Harold, et pourquoi pas un robo-débouchoir géant? Il porterait un gigantesque débouchoir et... »

« C'est ça! » s'exclame Georges.

Harold prend son stylo violet et se met à dessiner.

« Fais-lui des yeux laser », propose Georges.

« OK », approuve Harold.

« Et des propulseurs-fusées turbo-atomiques », dit Georges.

« C'est fait! » lui répond Harold.

« Et fais-le pour qu'il obéisse à tous nos ordres », recommande Georges.

« Ça fait longtemps que c'est fait! » dit Harold.

Harold a fini son dessin. Georges l'examine attentivement.

« Je crois que ça va marcher », déclare Georges.

« À condition que le PATSY 2000 tienne le coup... »

Ils se retournent et examinent l'appareil endommagé, gisant dans un coin du gymnase. Ils le remettent debout et l'époussettent.

« Allez, mon vieux, dit Georges, on a besoin de toi! »

« Le sort de toute la planète est entre nos mains », déclare Harold.

CHAPITRE 19
L'INCROYABLE
ROBO-DÉBOUCHOIR

Georges prend le dessin d'Harold, le place sur la glace du PATSY 2000, et appuie sur le bouton.

L'appareil se met à vibrer et à fumer, l'éclairage baisse et des éclairs jaillissent. Le gymnase en entier tremble sous l'effet de l'énergie photo-atomicotrans-somgobulato-yectofantriplutonizanziptomiseuse.

« Lâche pas, PATSY! crie Georges en essayant d'enterrer le bruit d'enfer. Tu vas l'avoir! »

Un petit *ding!* finit par se faire entendre et un énorme monstre métallique surgit du PATSY 2000. Le robot se lève et se tient debout devant Georges et Harold. C'est l'incroyable Robo-débouchoir.

« *Hourra!* crie Georges, ça marche! »

« Bravo, PATSY! s'écrie Harold. Cette grosse bol prétentieuse va en manger toute une...! »

CHAPITRE 20
CHAPITRE D'UNE EXTRÊME VIOLENCE, DEUXIÈME PARTIE (EN TOURNE-O-RAMA^MC)

AVERTISSEMENT :

Le chapitre suivant comporte
des scènes violentes où
une toilette géante se voit flanquer
une bonne raclée.

Tous les actes de violence commis
à l'encontre des toilettes ont été
supervisés de près par le RTÉT.
(Regroupement pour un traitement
équitable des toilettes)

Aucune toilette n'a été molestée
au cours de la rédaction
de ce chapitre.

TOURNE-O-RAMA 4

(pages 113 et 115)

N'oublie pas de tourner seulement la page 113.

Assure-toi de pouvoir voir les dessins aux pages 113 et 115 en tournant les pages. Si tu les tournes assez vite, les dessins auront l'air de ne faire qu'un.

N'oublie pas de faire
tes propres effets sonores!

MAIN GAUCHE

L'INCROYABLE
ROBO-DÉBOUCHOIR
À LA RESCOUSSE!

POUCE
DROIT

L'INCROYABLE
ROBO-DÉBOUCHOIR
À LA RESCOUSSE!

TOURNE-O-RAMA 5

(pages 117 et 119)

N'oublie pas de tourner seulement la page 117.

Assure-toi de pouvoir voir les dessins aux pages 117 et 119 en tournant les pages. Si tu les tournes assez vite, les dessins auront l'air de ne faire qu'un.

N'oublie pas de faire
tes propres effets sonores!

MAIN GAUCHE

L'INCROYABLE ROBO-DÉBOUCHOIR FLANQUE UNE RACLÉE À LA TURBO-TOILETTE 2000!

117

L'INCROYABLE ROBO-DÉBOUCHOIR FLANQUE UNE RACLÉE À LA TURBO-TOILETTE 2000!

TOURNE-O-RAMA 6

(pages 121 et 123)

N'oublie pas de tourner seulement la page 121.

Assure-toi de pouvoir voir les dessins aux pages 121 et 123 en tournant les pages. Si tu les tournes assez vite, les dessins auront l'air de ne faire qu'un.

N'oublie pas de faire
tes propres effets sonores!

MAIN GAUCHE

LA TURBO-TOILETTE
SE FAIT
COMPLÈTEMENT
SIPHONNER!

POUCE
DROIT

LA TURBO-TOILETTE SE FAIT COMPLÈTEMENT SIPHONNER!

CHAPITRE 21
APRÈS LE DÉSASTRE

L'incroyable Robo-débouchoir a vaincu l'horrible turbo-toilette 2000, mais les problèmes de Georges et d'Harold ne sont pas finis pour autant. Ils plongent les bras dans la gueule de la toilette géante et en retirent leur directeur.

« Mais qu'est-ce qui s'est passé? » gémit M. Bougon. « L'école a été détruite, les professeurs sont tous inconscients et je suis en caleçon. »

« Oh! oh! chuchote Harold, on dirait que le capitaine Bobette a reçu de l'eau de toilette sur la tête : il est redevenu M. Bougon. »

Georges sort de son sac à dos les vêtements et la perruque du directeur, et les lui tend.

« Je suis un homme fini, gémit le directeur en se rhabillant. On va me tenir responsable de la situation, et je vais perdre mon emploi. »

« Peut-être pas, le console Georges. On peut tout réparer et tout nettoyer. »

« Ouais, mais à une condition », précise Harold.

« Laquelle? » demande M. Bougon.

« Euh, on aimerait que vous révoquiez notre retenue et notre expulsion », suggère Georges.

« Et on aimerait être directeurs d'un jour! » ajoute Harold.

« J'imagine que ça peut s'arranger, acquiesce M. Bougon, si vous remettez tout en ordre! »

Georges et Harold se retournent et s'adressent à l'incroyable Robo-déboucheur.

« OK, mon gros, ordonne Georges, rends-toi utile et ramasse-moi tout ça! »

« Et n'oublie pas de réparer l'école, ajoute Harold. Utilise tes yeux laser pour réparer les fenêtres cassées et tout le reste. »

« Et ensuite, assemble toutes les preuves et envole-toi avec pour Uranus », commande Georges.

« Et ne reviens surtout pas! » précise Harold.

CHAPITRE 22
POUR FAIRE UNE HISTOIRE COURTE

Le robot obéit.

CHAPITRE 23
RÉCOMPENSÉS!

L'incroyable Robo-débouchoir décolle au moment même où les profs reprennent leurs esprits.

« J'ai fait un rêve incroyable, dit Mme Rancier. J'ai rêvé que des toilettes démoniaques voulaient conquérir le monde. »

« Moi aussi », répondent en chœur les autres profs.

« L'important, c'est que tout est bien qui finit bien », déclare M. Bougon.

« Pour nous, oui, mais peut-être pas pour vous... » précise Georges.

CHAPITRE 24
DIRECTEURS D'UN JOUR

(OU RÉSULTATS DE SUSPENSION DE RETENUE DE L'EXPO-SCIENCE)

« Pourrais-je avoir l'attention de tous les élèves, s'il vous plaît, annonce Georges à l'intercom, le lendemain. Ici votre directeur, M. Barnabé. Vous n'aurez pas de cours aujourd'hui. Vous n'aurez pas non plus de devoirs ni d'examens, et tout le monde obtiendra un beau A+ pour la journée. »

« C'est vrai, confirme le directeur Hébert. Nous aurons aussi une récréation qui durera toute la journée. On servira gratuitement de la pizza, des frites et de la barbe à papa, et un animateur fera jouer de la musique dans la cour de récréation. C'est maintenant l'heure de la récréation. Allez tous jouer dans la cour! »

Les directeurs Barnabé et Hébert exploraient l'étendue de leur domaine. Georges prend une pointe de pizza au pepperoni, tandis qu'Harold se fait un *banana split* au bar à sundae.

« Ce n'est pas désagréable d'être directeur », affirme Georges.

« Tu peux le dire! approuve Harold. Si seulement on pouvait être directeurs tous les jours! »

PALACE DE LA PIZZA

Georges et Harold se rendent ensuite à la salle de retenue, où quelques malheureux passent la journée à copier des phrases au tableau. Tous les professeurs étaient là, ainsi que Louis Labrecque et le directeur.

M. Bougon voit par la fenêtre les élèves qui s'amusent dans la cour de récréation.

« Comment allez-vous faire pour payer la crème glacée et la pizza? » demande-t-il.

« Oh! on a vendu quelques vieilles affaires »,
répond Harold.

« Quoi au juste? » demande M. Bougon.

« Votre ancien pupitre en noyer et votre chaise
de cuir, dit Georges, et aussi les meubles du salon
des professeurs. »

« QUOI?!? » rugit le directeur.

« Euh… je crois qu'on ferait mieux de partir… »
suggère Harold.

Georges et Harold quittent la salle à toute
vitesse. Mlle Empeine fait claquer ses doigts dans
leur direction.

Clac!

« Revenez ici tout de suite! » hurle-t-elle.

« Oh oh! dit Georges, je crois que Mlle Empeine
vient de faire claquer ses doigts... »

En quelques secondes, M. Bougon est sorti de la salle et il court vers son bureau. Il affiche le sourire à la fois héroïque et niais qu'ils ne connaissent que trop bien.

« Oh non! » soupire Harold.

« Et voilà que ça recommence! » s'exclame Georges.

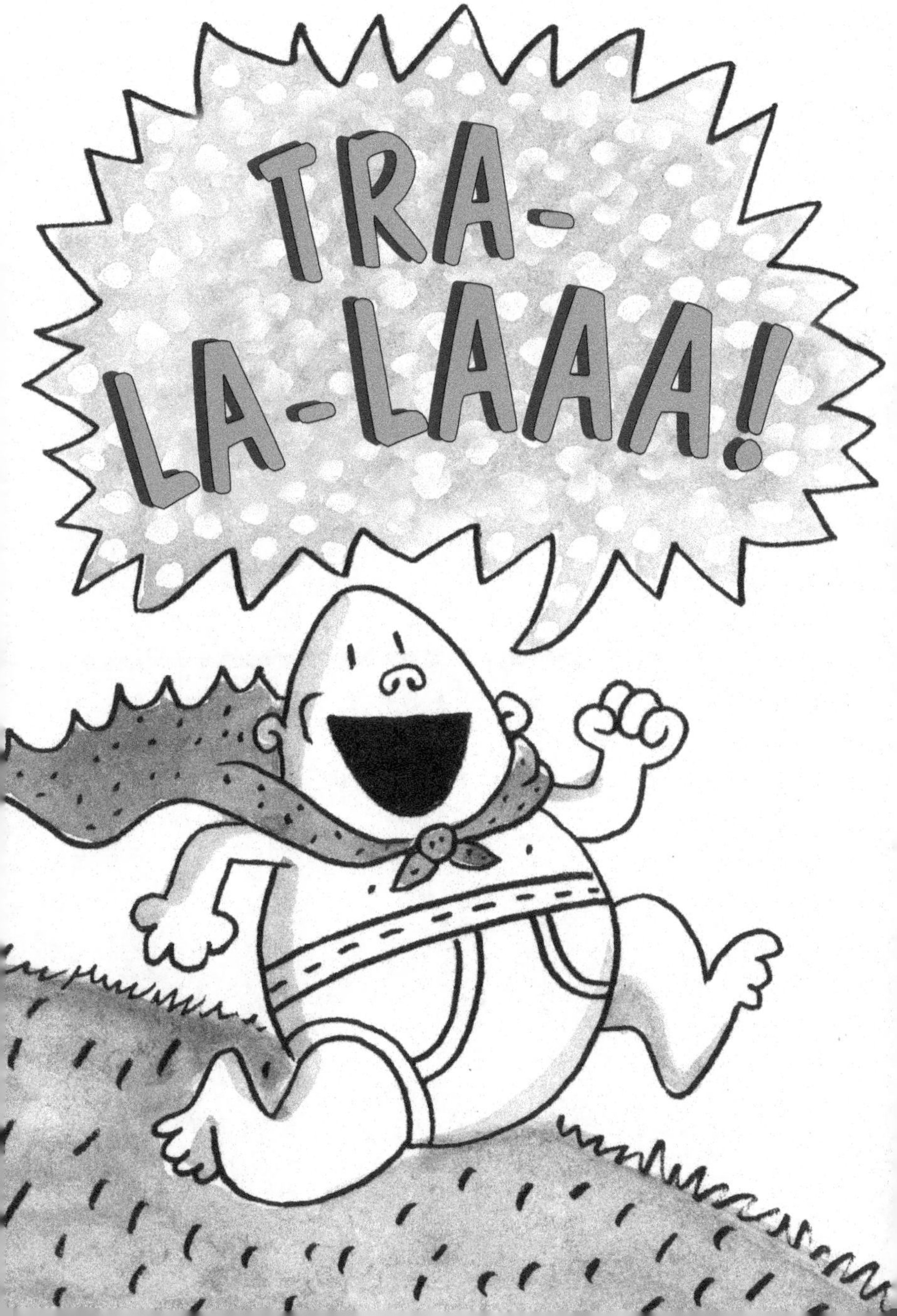
TRA-LA-LAAA!

À PROPOS DE L'AUTEUR

Enfant, Dav Pilkey était, selon ses professeurs,
un élève agité atteint de troubles de comportement
et ayant besoin d'un changement d'attitude radical.

Lorsqu'il ne copiait pas des phrases au tableau
dans la salle de retenue, il était habituellement
assis en punition à son propre pupitre,
dans le couloir. C'est là qu'il faisait ses propres
albums de bandes dessinées, qui mettaient
en vedette un certain superhéros appelé
le capitaine Bobette.

Dav a toujours rêvé de publier un jour
ses aventures du capitaine Bobette.
C'est maintenant chose faite, puisqu'il y a
trois albums des aventures
du capitaine Bobette.

Dav Pilkey n'a pas créé que
Capitaine Bobette
et l'attaque des toilettes parlantes,
il a également écrit un tas d'autres livres
tout aussi passionnants les uns
que les autres, dont :

Les aventures du capitaine Bobette

Capitaine Bobette et l'invasion
des méchantes bonnes femmes de la cafétéria...